병원에 입원하다

미니 미니 14

 병원에 입원하다

초판 1쇄 인쇄 2013년 4월 1일 | 초판 1쇄 발행 2013년 4월 15일

지은이 크리스티네 뇌스틀링거 | 그린이 크리스티아네 뇌스틀링거 | 옮긴이 김경연

펴낸이 홍석 | 기획위원 채희석

편집부장 이정은 | 편집 김태윤 · 김나영 | 디자인 서은경 | 마케팅 홍성우 · 김정혜 · 김화영

펴낸곳 도서출판 풀빛 | 등록 1979년 3월 6일 제8-24호

주소 서울특별시 서대문구 북아현동 177-5 한일 빌딩 3층

전화 02-363-5995(영업) 02-362-8900(편집) | 팩스 02-393-3858

전자우편 pulbitkids@hanmail.net | 홈페이지 www.pulbit.co.kr

ISBN 978-89-7474-168-6 73850

ISBN 978-89-7474-368-0(세트)

이 도서의 국립중앙도서관 출판시도서목록(CIP)은 서지정보유통지원시스템 홈페이지(http://seoji.nl.go.kr)와
국가자료공동목록시스템(http://www.nl.go.kr/kolisnet)에서 이용하실 수 있습니다. (CIP제어번호: CIP2013001493)
*책값은 뒤표지에 표시되어 있습니다.

Mini muss ins Krankenhaus(Band 15) by Christine Nöstlinger

미니

병원에 입원하다

크리스티네 뇌스틀링거 글   크리스티아네 뇌스틀링거 그림   김경연 옮김

풀빛

애는 헤르미네 치펠인데, 다들 미니라고 불러.

키는 무척 크고, 몸은 무척 말랐고,

빨강 머리에 주근깨가 아주 많아.

미니는 2학년을 마쳤어. 지금은 여름 방학이야.

미니는 방학이 별로야.

미니는 학교를 안 가도 엄마랑 아빠는 출근해야 하니까.

방학 때면 날마다 아침에 할머니가 오셔서

엄마가 퇴근하고 집에 올 때까지

미니랑 오빠 모리츠와 함께 있어 주셔.

할머니랑 지내기는 쉽지 않아.

할머니는 감정이 쉽게 잘 상하시거든.

끊임없이 뭔가에 기분이 나빠지시는 거야.

게다가 예의범절을 무척 따지고, 뭘 허락해 주는 건

거의 없어. 다른 아이들이 찾아오는 것도 좋아하지 않아.

미니가 공원에 놀러 가는 것도 좋아하지 않아.

할머니가 해 주는 음식은 별로 맛도 없어.

텔레비전도 늘 꺼 버리고.

"텔레비전은 바보상자야. 사람을 바보로 만들지."

할머니 말씀이야.

미니와 모리츠는 할머니가 오시지 않고
자기들만 있었으면 좋겠어. 저녁때마다 모리츠는
엄마에게 불평을 해.

저도
10살이에요!!!
돌봐 줄 사람 따윈
필요 없다고요!

"정말이에요, 엄마! 우리 스스로 잘할 수 있어요!"
미니도 말해. 하지만 꼭 맞는 말은 아니야.
모리츠더러 스스로 알아서 하라고 놓아두면
뭔가 일이 터지거든.

한번은 모리츠가 집에서 나가면서 문을 닫았는데,

열쇠를 가지고 나오지 않은 거야.

할 수 없이 열쇠 가게 아저씨가 와서 문을 따야 했어.

또 한번은 거실에서 축구를 하다가

벽이 아니라 유리문을 맞힌 거야.

모리츠는 유리 조각을 모으느라

온 손가락이 피투성이가 되었어.

손에서 피가 나니까 "나 피가 나!" 하며 온 집 안을

팔짝팔짝 뛰어다니는 바람에 나중에는

온 집 안이 피로 얼룩지고 말았어.

또 한번은 피자를 굽는다고 오븐에 넣었어.

그러고는 콜라를 사 오겠다며 슈퍼마켓으로 갔지.

그런데 거기서 친구 에디를 만나게 되어

수다를 떨었지. 그것도 아주아주 오랫동안.

그런 다음 에디네 집까지 같이 갔다 온 거야.

마침내 집에 왔는데,

창문에서 잿빛 연기구름이 솔솔 흘러나오는 거야.

알고 보니 관리인 아주머니가

막 소방서에 전화를 하려고 했다지.

또 한번은 친구 둘을 초대했는데,

함께 창문에서 길 위로 침을 뱉은 거야.

그런데 침 덩어리 하나가 포프 부인의 얼굴에

철썩 하고 떨어졌어.

포프 부인은 아빠 사무실로 전화해서 난리를 쳤지.

그런 다음 미용실에 가서 얼굴을 씻고

아빠한테 값을 치르게 했어.

그러니 엄마가 하는 말도 이해할 만하지.

"너희들 둘만 집에 두면

단 일 분도 사무실에서 편히 있을 수가 없어!"

그래서 미니는 할머니가 오시는 걸 참고 견디면서

8월 첫 주말이 오기를 기다리고 있어.

그때가 되면 친구 막시랑 주말농장에 가기로 했거든.

막시 할아버지네 것인데,

텐트를 치고 거기서 자려고 해.

농장의 오두막은 너무나 작아서

할아버지 혼자밖에 잠을 잘 수 없어.

주말농장에 가기로 결정한 것은

지난 부활절 때야!

텐트 생각을 한 것은 막시고.

어떻게 그런 생각을 하게 되었냐고?

막시는 종종 미니네 집에 자러 와.

하지만 미니는 아직 막시네 집에서

잔 적이 한번도 없어.

막시네 집이 너무 작아서 그래.

막시는 조그만 방에서 언니들과 함께 자.

친구가 와서 자고 싶어도 매트리스를

하나 더 놓을 자리도 없어.

막시네 부모님은 거실에 있는 침대 소파에서 주무셔.

부활절 때 막시가 말했어.

"난 늘 너네 집에 가서 자는데,

나도 널 한 번 초대하고 싶어. 그래서 말인데,

8월 첫 주말에 할아버지 주말농장

오두막 앞에다 텐트를 치고 자는 게 어때?"

이렇게 해서 부활절 때부터 미니와 막시는

텐트를 치고 삼 일 동안 지낼 것을 고대해 왔어.

모리츠는 도무지 이해하지 못했어.

"그거 영 재미없잖아! 풀장도 없고. 텔레비전도 없고.

거기서 잡초나 뽑으려고 그래?"

미니가 대답했어.

"우린 사흘 내내 같이 있게 되잖아! 단 둘이서 말이야!

밤낮으로 24시간 동안! 그것으로 된 거지!"

"되긴 뭘 돼. 따분해서 미치겠다."

모리츠가 빈정거렸어.

오빤
가장 좋은 친구랑
함께 있는 게
어떤 건지
몰라서 그래!

주말농장 휴가는 근사한 모험이 될 거라고
미니는 확신해. 텐트에서 잠을 자고,
아침이 되면 우물에 가서 고양이 세수를 하고,
알코올버너에 소시지를 구워 먹고,
나무딸기를 따 먹고, 발도 안 씻고 침낭 속으로 들어가고,
어스름한 어둠 속에서 개구리 합창을 듣고.
이보다 더 멋진 일이 있을 수 있을까?

그리고 가장 중요한 것은 밤마다

막시랑 한도 끝도 없이

수다를 떨 수 있다는 것!

부활절부터 미니는 일주일에 세 권의 책을 읽어.

막시도 일주일에 세 권의 책을 읽고.

예전 같으면 방금 읽은 것을 바로 이야기했지만,

부활절부터는 그렇게 하지 않아.

이야기는
밤에 텐트 속에서 하자!

그래야 이야깃거리가
없어지지 않지!

그런데 7월 중순에 엄마가

굉장히 놀랄 일이 있다는 거야!

"일주일 휴가를 얻었다.

우리, 7월 30일에 이탈리아로 가자."

모리츠가 기뻐서 방방 뛰며 "만세!"하고 외쳤어.

"하지만 전 8월 첫 주말에 막시랑 주말농장에

갈 건데요!" 미니가 외쳤어.

"그 뒤에 가면 되지." 아빠가 말했어.

"그 전에 가거나." 엄마가 말했어.

"그 전에 막시는 티롤에 가고요,

그 뒤에는 린츠에 사는 이모네 집에 간데요."

미니가 엄마와 아빠를 비난에 찬 눈초리로 보며

말을 덧붙였어.

"엄마와 아빠도 부활절 때부터 아셨으면서."

엄마가 미안한 얼굴로 말했어.

"그만 잊어버렸구나."

"우리가 그 전이나 후에 이탈리아로 가면 어때요?"
미니가 제안했어.

"그건 불가능해. 그 주에만 시간이 나거든."
엄마가 설명했어.

"그럼 전 안 갈래요! 전 이탈리아보다 텐트가
더 좋아요." 미니가 말했어.

미니는 하늘에서 태양이 뜨겁게 타오르는 곳을
좋아하지 않아. 당장 피부가 햇볕에 타거든.

"우린 월요일에 떠나는데, 너의 텐트 휴가는
금요일부터지. 그러니 금요일까지 네가 할머니 집에
가서 잘 수 있는지 할머니께 여쭤 봐야겠다."
아빠가 말했어.

"할머니가 우리 집에 오시면 안 돼요?"
미니가 물었어.

"그럴 수 없을 거야. 할머니는 할머니 침대에서만
주무실 수 있다고 생각하시거든!" 엄마가 대답했어.

모리츠가 말했어.

"널 위로해 줄 츠비켈 할아버지는 안 계셔!

온천에 쉬러 가셨대!"

(츠비켈 할아버지는 일 년 전에 할머니랑 결혼했는데,

매우 재미있는 분이셔.)

할머니 집에 사는 것은 힘들어. 집 안은 가구로

가득 차 있고, 가구마다 덮개와 방석이 놓여 있어.

그리고 아무것도 망가지지 않도록 끊임없이 조심해야 해!

할머니 집에는 장식품 가게보다 더 많은 유리 인형과

자기 인형들이 여기저기 놓여 있어. 칠칠치 못하게 굴면

절대 안 돼. 덮개가 하나 삐딱하거나 쿠션 하나가

다른 소파에 놓여 있기만 해도 할머니는

신경에 거슬려 하셔.

이 주일 뒤 월요일 아침,

엄마는 미니를 할머니한테 데려갔어.

엄마는 막시랑 재미있게 보내라고 하면서

작별 인사로 입을 꼬옥 맞춰 주었어.

할머니에게는 엄마 휴대폰 전화번호를 적어 드렸고.

엄마가 떠나자 미니는 마음이 가벼워졌어.

배 속이 좀 불편했거든.

아침에 잠이 깼을 때부터 배 속이 이상했지만,

엄마가 알아차릴까 봐 불안했어.

엄마가 알아차렸으면 미니가 아프니,

엄마가 필요하다면서 이탈리아 여행을 취소했을 거야.

미니는 그렇게 되기를 바라지 않았어.

그랬더라면 모리츠가 절대 미니를 용서하지 않을 거야!

금요일까지 괜찮아지면 되지.

미니는 생각했어.

그리고 그러리라고 조금도 의심하지 않았어.

혹시 배 속이 좀 이상하게 느껴져도

그 느낌이 이틀 이상 계속된 적은 한번도 없었거든.

점심때 미니는 배 속이 이상할 뿐만 아니라
몸 상태가 정말 좋지 않았어!
할머니가 굴라시(* 헝가리식 쇠고기 스튜)를
탁자에 올려놓았는데, 그 냄새를 맡으니 정말이지
토할 것만 같았어. 미니는 쏜살같이 화장실로 가서
변기에 아침에 먹은 것을 토해 내고 말았어.
그러고 나니까 조금 괜찮아졌어.

할머니가 미니에게 카밀레 차와 츠비박 비스킷을
가져다주고 거실 소파에 침대를 만들어 주었어.
그러면서 줄곧 이렇게 중얼거렸지.

할머니가 "이를 어째." 할 때마다 미니는 말했어.
"할머니, 저는 병이 난 게 아니에요.
내일이면 완전히 좋아질 거예요."

하지만 화요일에도 미니의 몸은 별로 좋아지지 않았어.

오히려 정반대로,

이제는 열도 나고 끔찍한 설사까지 나왔지.

할머니가 계속 "이를 어째, 이를 어째."를 되풀이했지만,

미니는 할머니를 진정시키기에는

몸 상태가 너무 좋지 않았어.

수요일에는 화요일보다 두 배로 자주

화장실에 가야 했어.

할머니가 카밀레 차를 입에 대어 주면

미니는 한 모금 마셨다가 당장 토해 버리고 말았어.

게다가 엄청나게 덥다가도 갑자기

끔찍하게 추워지는 거야.

할머니는 이제 "이를 어째."라고

중얼거리는 사이사이로

"대체 휴대폰 전화번호를 어디다 두었더라?"라고

묻기까지 했어.

그러면서 "이 책임을 나 혼자 질 수는 없잖아!"라고도

했지.

할머니는 미니의 엄마와 아빠에게 전화를 하려고 했어.

당장 이탈리아에서 돌아오라고 말이야.

할머니는 전화번호를 찾지 못했어.

찾을 수도 없었어!

전화번호를 적은 쪽지는 전화기 옆에 놓여 있었는데

미니가 화장실에 가면서 쪽지를 집어

자기 베개 밑에 놓아두었거든.

자신 때문에 엄마와 아빠와 오빠가 휴가를 그만두고

돌아오게 하고 싶지 않았어. 또 금요일이 되면

병이 다 낫게 되기를 바라고 있었고.

그래서 미니는 병이 나을 거라고 자기 암시를 계속했지.

하지만 유감스럽게도 아무 도움이 되지 않았어.

목요일이 되자 미니는 너무 약해져서

혼자 화장실에도 갈 수 없게 되었어.

할머니가 데려다 주어야 했어.

끔찍한 설사가 도무지 그치지 않았어.

열도 전혀 내려가지 않았고.

할머니는 전화 안내에 전화를 걸어

치펠 씨의 휴대폰 전화번호가 뭐냐고 물어보았어.

하지만 안내하는 여자 말이

그것은 비밀이라서 알려 줘서는 안 되는 거래.

할머니는 저녁 때 츠비켈 할아버지에게 전화했어.

그러고는 수도 없이 "이를 어째요, 이를 어째요."

탄식하면서 그 사이사이에 손녀가 죽을 정도로

아픈데 아들한테는 연락이 닿지 않는다고,

혼자서 책임을 질 수 있는 일도 아니라고,

어떻게 해야 좋을지 할아버지가

빨리 말해 달라고 이야기했어.

츠비켈 할아버지가 큰 소리로 말했어.

얼마나 소리가 컸는지 전화 목소리가

소파에 누워 있는 미니에게까지 들렸어.

할머니는 혈압 때문에 다니는 의사에게 전화했어.

하지만 자동 응답만 나올 뿐이었어.

다급한 경우에는 응급 의사에게 전화하라는 거야.

할머니는 빠른 속도로

"이를 어째, 이를 어째."라고

중얼거린 다음 응급 의사에게 전화를 했어.

응급 의사가 도착할 때까지는

한 시간이 족히 걸렸어.

밖은 이미 아주 캄캄했어.

요즘 무척 많은 사람들이 고열이 나는

장염에 걸리는 것 같네요!

응급 의사가 할머니에게 설명했어.

더 나빠지지 않을 테니,

할머님께서는 너무 염려하지 마세요.

그렇기는 하지만 손녀를

병원으로 데려가는 것이 좋겠습니다.

아이가 무척 여윈 데다가

엄청나게 많은 수분을 잃어버렸으니까요.

링거를 좀 맞으면 며칠 뒤 다시 쌩쌩해질 거예요!

미니는 울기 시작했어.

"애야, 애야, 병원이 그렇게까지 나쁘진 않단다."

응급 의사가 위로했어.

하지만 그건 미니에게 전혀 위로가 되지 않았지.

미니가 운 것은 병원이 무서워서가 아니었어.

미니는 겁쟁이가 아니거든!

미니가 운 것은 이제 명백히

막시랑 주말농장에서

지낼 수 없게 되었기 때문이야.

여러 달을 기다렸던 일이 허사로 돌아가면

당연히 눈물이 나는 거 아냐?

게다가 미니로서는

할머니가 병원에서 함께 있어 주는 것도

위로가 되지 않았어.

미니는 할머니를 매우 좋아해.

하지만 미칠 듯이 사랑하지는 않아.

게다가 그 한도 끝도 없는 "이를 어째." 소리를

병원에서까지 들어야 한다니

미니로서는 달갑지 않았지!

미니는 생각했어. 할머니가 병원에 오시지 않아도
된다는 걸 어떻게든 납득시켜야 해.

물론 미니는 응급 의사 앞에서 할머니에게 그런 말을
하고 싶지는 않았어. 그리고 응급 의사가 나가자
미니는 다시 급하게 화장실을 가야 했고.

화장실에서 나와 다시 소파로 돌아가자마자 구급 대원이
초인종을 눌렀어. 할머니가 구급 대원을 미니에게
데려왔어. 구급 대원이 미니를 찬찬히 보더니 말했어.

구급 대원은 미니를 담요에 싸서 집에서 데리고 나갔어.
그러고는 계단을 내려갔지.

이웃 사람들이 무슨 일인지 궁금해서
문을 열고 나왔어. 할머니는 얼마나 놀랐는지 자기가
심장마비가 일어날 것 같다고 말했어. 미니에게
무슨 일이 일어났는지는 설명하지 않고 말이야.

미니는 할머니를 보고 싶지 않았어. 이웃 사람들도
보고 싶지 않았어. 구급 대원도 보고 싶지 않았어.

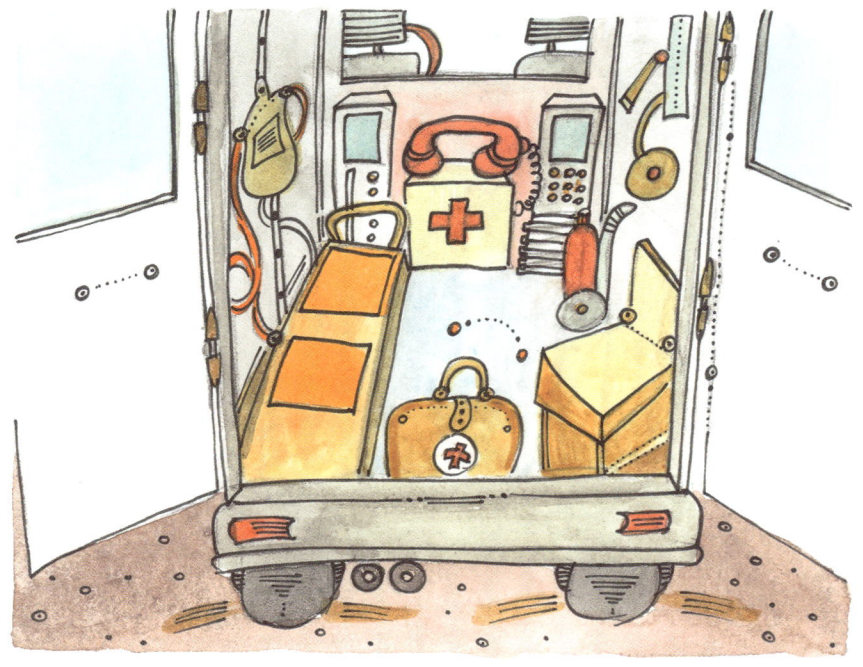

아무것도, 아무도 보고 싶지 않았어!
미니는 눈뜨고 있을 기분이 아니었어. 다만, 구급 대원이
자동차 들것 위에 내려놓을 때 눈을 떴다가 감았어.
그러고는 이내 다시 자는 척했어.

병원까지 가는 내내 미니는 자는 척했어.

구급차가 정차하고 자동차에서 들것이 굴려져도

미니는 눈을 뜨지 않았어.

간단히 말해 온 세상이 어떻게 돌아가는지

알고 싶지 않았어.

설사에 배가 아파도 쓰다듬어 주는 엄마는 없고

"이를 어째." 탄식만 하는 할머니뿐.

지끈지끈 머리가 아프고

주말농장 휴가는 날아가고.

이러니 온 세상에 화가 날 수밖에 없잖아!

누군가 손을 잡고 쓰다듬어 줄 때에야

비로소 미니는 다시 눈을 떴어.

순간 기분이 금세 나아졌어.

하얀 가운을 입은 작고 뚱뚱한 여자가 몸을 굽히고

손을 쓰다듬어 주고 있는데,

새빨갛고 덥수룩한 곱슬머리인 거야.

염색한 것이 아니라 진짜 빨강 머리였어.

그리고 작고 뚱뚱한 여자 옆에

역시 하얀 가운을 입은 키 크고

마른 여자가 서 있는데

역시 새빨갛고 덥수룩한 곱슬머리였어.

역시 염색한 것이 아니라 진짜 빨강 머리였지.

왜 미니가 금세 기분이 나아졌느냐고?

그건 이래.

새빨간 진짜 곱슬머리를 가진 사람은

참 드물거든.

그래서 미니는 그런 사람을 만나면

늘 조금 가까운 느낌이 들어.

병원에서 '가깝게' 느껴지는 사람 곁에 있는 건

나쁘지 않지. 당장 기분이 나아지는 거야.

"곧 더 잠을 잘 수 있을 거야."

작고 뚱뚱한 여자가 말했어.

미니는 잠을 자고 싶지 않다고 말하려 했어.

그런데 그때 진찰실로 한 남자가 들어왔어.

남자 역시 하얀 가운을 입고 있었지.

그런데 머리털이 하나도 없었어.

완전 대머리였어.

대머리 아저씨가 웃음을 터뜨리며 말했어.

작고 뚱뚱한 여자가 미니에게 설명했어.

"이분은 쿠게를 원장님이셔. 옛날 원장님 증조할머니께서

빨강 머리 여자는 모두 마녀라고 하셨다는구나."

"흠. 어쨌건! 너도 마법을 부릴 수 있지, 아냐?"

쿠게를 원장이 미니에게 눈을 찡긋하며 물었어.

"웬걸요! 그랬더라면

병이 나으라고 마법을 부렸을걸요!"

미니가 대답했어.

"그러네! 하지만 상관없다. 병이 나으라는 마법은

로지 간호사와 레지 간호사가 부릴 수 있으니."

쿠게를 원장이 말했어.

미니는 두 빨강 머리 간호사 가운데

누가 '로지' 이고 누가 '레지' 인지 생각해 보았어.

로지라는 이름은 작고 뚱뚱한 간호사에게,

레지라는 이름은 키 크고 마른 간호사에게

어울릴 것 같았어.

하지만 미니가 틀렸어! 키가 크고 마른 간호사가 로지고,
작고 뚱뚱한 간호사가 레지였어.

쿠게를 원장이 진찰을 할 수 있도록 일어나 앉아
속옷을 벗을 때 이름을 본 거야.

작고 뚱뚱한 간호사의 가운 가슴 주머니에

'레지'라고 수가 놓여 있었고,

키 크고 마른 간호사의 가운 가슴 주머니에

'로지'라고 수가 놓여 있었어.

미니의 진찰을 마친 원장은

곧 링거를 맞을 거라고 말했어.

그러면서 링거를 어떻게 맞는 건지

설명하려고 했지.

미니가 말했어.

"어떻게 맞는 건지 알아요.

손등 정맥에 작은 꼭지가

달린 바늘을 꽂아 맞는 거지요?

바늘 꼭지에 가느다란 관을 연결하면

주머니에 있던 액체가 천천히

방울방울 제 몸속으로 들어오고요."

"와, 대단하다!"

간호사 로지와 간호사 레지가 외쳤어.

쿠게를 원장이 물었어.

"링거 맞아 본 적 있니?"

미니는 고개를 저었어.

쿠게를 원장은 미니의 손등에

바늘을 끼우기만 했어.

그리고 바늘이 빠지지 않도록

그물 붕대를 씌워 주었지.

"링거는 나중에 레지 간호사가

네 병실에서 놓아 줄 거야."

쿠게를 원장이 말했어.

그러면서 좋은 꿈꾸며

편안하게 자라고 인사를 하고는

급히 진찰실을 나갔어.

"저, 우리 할머니는 어디 계세요?"

미니는 로지 간호사와 레지 간호사에게 물었어.

"네 할머니는 접수하고 계셔."

로지 간호사가 대답했어.

"금방 오실 거야."

레지 간호사가 말했어.

미니는 로지 간호사를

다정하게 바라보며 말했어.

"있잖아요, 우리 할머니는 자기 침대에서밖에

못 주무세요. 그리고 전 아기가 아니고요!"

로지 간호사가 레지 간호사를 바라보았어.

레지 간호사는 로지 간호사를 바라보았어.

두 사람은 미니를 보며 의아하다는 듯 물었어.

"그럼 넌 할머니가 곁에 없으면 좋겠니?"

그래도 되지!!

"저요, 혹시 우리 할머니께 제 옆에서 자면
안 된다고 말씀해 주실 수 있으세요?"
미니는 로지 간호사와 레지 간호사가
어쩐지 '가깝게' 느껴지지 않았더라면
감히 그렇게 묻지 않았을 거야.

로지 간호사와 레지 간호사가

조금 당황한 것처럼 보였기 때문에 미니는 말했어.

"우리 할머니는 늘 금세 감정이 상하시거든요."

레지 간호사가 할머니하고

이야기해 보겠다고 약속했어.

"하지만 그 전에 네 병실로 데려다 줄게.

바로 옆이야. 휠체어를 타고 갈래,

아니면 스스로 걸어갈 수 있겠니?"

레지 간호사가 물었어.

미니는 스스로 걸어갈 수 있다고 확신했어.

몇 시간 전처럼 몸 상태가 지독하지는 않았거든.

머리도 이제는 끔찍하게 아프진 않았고.

링거도 맞지 않았는데 말이야!

어쩌면 로지 간호사와 레지 간호사는

마법을 부릴 수 있나 봐! 미니는 생각했어.

미니는 실내화도 욕실 가운도 없었어.

할머니 집에서 며칠 지내는데

그런 것을 가져갈 필요는 없잖아.

그래서 간호사 레지가 분홍색 가운과

검정 바탕에 빨간 무당벌레 무늬가 있는

실내화를 가져다주었어.

미니는 휘청거리는 다리로 진찰실에서 나왔어.

병실에는 침대가 두 개 놓여 있었어.

벽에는 재미있는 그림들이 많이 걸려 있고,

방 한구석에는 탁자와 의자 두 개가 놓여 있었어.

커다란 창 앞에는 파란색 바탕에

분홍 코끼리 무늬가 있는 커튼이 쳐져 있었어.

미니는 분홍 가운과 무당벌레 슬리퍼를 벗고

침대에 누웠어.

레지 간호사가 담요를 덮어 주며 말했어.

"있지, 우선 네 할머니랑 얘기해 볼게.

넌 다 큰 아가씨이니 밤에

할머니가 안 계셔도 된다고 말이야.

그런 다음 할머니가 네게 작별 인사를 할 수 있도록

빨리 모셔 올게. 됐니?"

"네. 좋아요!" 미니가 대답했어.

로지 간호사가 방에서 나갔어.

미니는 할머니가 오실 때 다시 잠자는 척하는 게

낫지 않을까 생각했어.

그럼 내가 뭔가 잘못을 저지르지 않아도 되고

할머니도 기분 상하지 않아도 되잖아!

그러다가 자는 척을 할 때면

늘 눈꺼풀을 깜짝거린다는 생각이 떠올랐어.

미니가 정말로 잠이 들지 않았으면

엄마도 아빠도 모리츠도 당장 알아차리고 말아.

분명 할머니도 알아차릴 거야.

만약 손녀가 말하기 싫어서 잠자는 척한다는

생각이 들면 할머니는 두 배로 기분이 상할 거야.

그래서 미니는 눈을 뜨고

할머니가 오기를 얌전히 기다렸어.

오래 기다릴 필요는 없었어.

게다가 미니의 걱정도 아주 쓸데없는 것이었어.

할머니는 조금도 기분이 상하지 않았어.

보아하니 할머니는 병원에서 낯선 침대에서

잘 필요가 없어져 정말 마음 홀가분한 것 같았어.

하지만 할머니는 그런 마음을

인정하려고 들지는 않았어.

"정말 혼자 두어도 괜찮겠니?"

이렇게 세 번이나 묻는 거야.

미니는 그때마다 이렇게 대답했어.

할머니는 미니의 이마에

축축한 뽀뽀를 두 번이나 했어.

그리고 감동한 어조로 미니가

아주 착하고 용감한 소녀라고 중얼거렸어.

할머니는 내일 아침 일찍 세면도구를 갖고

다시 오겠다고 말했어.

미니는 흥분한 나머지 병원에서도

세수를 하고 이를 닦고 머리를 빗어야 한다는 것을

깜빡 잊고 있었어.

미니가 할머니에게 부탁했어.

"할머니, 부탁 하나 들어주세요.

전화번호 하나만 적어 주실래요?"

할머니가 핸드백을 뒤져서 볼펜과

작은 수첩을 꺼냈어.

미니는 막시의 전화번호를 불러 주었어.

막시 전화번호는 외우고 있었지.

"내일 아침 일찍 막시한테 전화해서
제가 병원에 있다고 전해 주실래요?"

할머니는 수첩과 볼펜을 핸드백에 넣고
얼른 자리를 떴어. 하지만 병실 문에서 걸음을 멈추고
다시 한 번 돌아서더니 손에다 뽀뽀를 담아 보냈어.

미니는 몹시 지치고 피곤했어.

하품을 하는데, 문득 의아한 생각이 드는 거야.

할머니가 단 한 번도

"이걸 어째, 이걸 어째."하고

말하지 않았기 때문이지.

미니가 거의 잠이 들었는데

병실 문이 다시 열리며

레지 간호사가 바퀴 달린 스탠드와 함께 들어왔어.

액체가 가득 차 있는 비닐 주머니도 갖고 왔어.

"이제 얼른 링거를 놓아 줄게.

그럼 세상모르게 잘 수 있을 거야!"

레지 간호사는 스탠드를

미니의 침대로 굴려 오더니

비닐 주머니를 스탠드 위쪽 고리에 걸고

가느다란 관을 주머니에 연결했어.

그런 다음 미니의 손에서 그물 붕대를 빼고

링거에 달린 가느다란 관 다른 쪽 끝을

미니 손등의 바늘에 고정시켰어.

하지만 미니는 너무나 지치고 피곤해서

이 모든 것을 제대로 보지 못했어.

완전 기진맥진해서

이제는 두 눈을 뜨고 있을 수조차 없었어.

"잘 자라, 미니."

레지 간호사가 미니에게 속삭였어.

미니는 벌써 잠들어 있었어.

얼마나 깊게 잠들었는지

레지 간호사가 한 시간 뒤에 와서

가느다란 관을 손등에서 빼고

빈 비닐 주머니를 스탠드에서

가져가도 깨지 않았어.

미니는 다음 날 아침,

로지 간호사가 코끼리 무늬 커튼을 걷을 때에야

잠이 깼어.

"어떠니, 미니?" 로지 간호사가 물었어.

좋아요!

미니는 정말로 좋았어. 이제는 몸 상태가 괜찮았어.

배 속이 조금 꼬르륵거릴 뿐,

머리 역시 이제는 아프지 않았어.

한 젊은 남자가 미니의 방에 들어와

탁자 위에 차 한 잔과

츠비박 비스킷 접시를 올려놓았어.

미니는 자기가 배도 무척 고프고

목도 무척 마르다는 것을 깨달았지.

미니는 당장 츠비박과 차를 먹기 시작했어.

"난 하리라고 해. 여기서 간호사로 일하고 있어.

대체 복무를 하는 거야." 젊은 남자가 말했어.

"대체 복무가 뭐에요?"

미니가 우물우물 씹으며 물었어.

"군인으로 입대하는 대신 다른 사회 활동으로

나라를 위해 쓸모 있는 일을 하는 거야."

하리가 설명했어.

하리는 다른 침대로 가더니 담요를 젖히고

베개를 잘 놓으며 말했어.

"네 병실 친구가 올 거야!"

"어디가 아파서요?" 미니가 물었어.

"너랑 같아." 하리가 대답했어.

미니는 꿈을 꾸고 있다고 생각했어!

분홍 가운을 입고,

발에는 무당벌레 무늬 슬리퍼를 신고,

손에는 그물 붕대를 감고,

막시가 병실로 들어오지 뭐야!

막시가 빈 침대에 누우며 앓는 소리로 물었어.

"너 여기서 뭐해?"

"건강해지고 있지." 미니가 대답했어.

"나 곧 링거 맞는대." 막시의 목소리는

불안에 차 있었어.

"난 벌써 맞았어. 하나도 안 아파. 그리고 효과가 있어.

다시 완전히 좋아진 것 같아." 미니가 말했어.

레지 간호사가 스탠드 하나와

비닐 주머니 두 개를 들고 들어왔어.

우선 막시에게,

그 다음은 미니에게 링거를 꽂아 주었지.

점심때쯤 이미 막시는 좋아졌어.

"우리, 진짜 행운아다." 막시가 킥킥 웃었어.

"입원한 게 무슨 행운이니?" 미니가 반대했어.

"병이 났는데 같은 병실에 있게 되었으니 행운이지."

막시가 말했어.

저녁때 쿠게를 원장이 미니와 막시를 보려고 왔어.

"너희들 벌써 친구가 되었니?" 원장이 물었어.

막시가 웃으며 대답했어.

"우린요, 벌써 이 년 전부터 가장 친한 친구예요!"

"한 병실을 쓰게 된 건 우연이고요." 미니가 말했어.

쿠게를 원장이 미니에게 눈을 찡긋하며 말했어.

"우연이란 없어."

미니와 막시는 사흘 동안 병원에 있었어.

둘이 재미있게 지냈을 뿐만 아니라

쿠게를 원장과 로지 간호사, 레지 간호사하고도

재미있게 지냈어.

미니와 막시는 부활절부터 읽었던

책 이야기도 했고. 주말농장 우물 대신에

세면대에서 고양이 세수도 했어.

물론 병원에는 저녁 때 음악회를 열어 주는

개구리들은 없었지.

기어오를 사과나무도 없고,

구워 먹을 소시지도 없었어!

하지만 24시간 내내 함께 있으면서

수다를 떨 수 있었지.

 가장 중요한 건 그거지!

미니의 부모는 일요일 늦은 저녁에

이탈리아에서 돌아왔어.

모리츠가 수화기를 내려놓으며 외쳤어.

"할머니 전화였어요! 할머니가 우리 휴대폰 전화번호를

잊어버려 미니가 병원에 있다고 말할 수 없었대요!"

엄마와 아빠는 놀라서 소파에 털썩 주저앉았어.

그런 다음 아빠가 떨리는 손으로

할머니의 전화번호를 눌렀어.

한참 기다리고 나서야

할머니가 하품을 하며 전화를 받았어.

"미니가 어떻게 된 거예요?"

아빠가 전화에 대고 큰 소리로 외쳤어.

할머니의 설명을 듣고

아빠는 안도의 한숨을 내쉬며 말했어.

"그럼 내일 아침 일찍 데리러 가도 되겠네요."

월요일 오전 아홉 시에

미니와 막시는 병원에서 퇴원했어.

둘 다 다시 쌩쌩해졌어.

양쪽 집 엄마와 아빠가 주말농장 휴가를 못 가서

안되었다고 말하자

미니와 막시는 웃으며 말했어.

글쓴이 크리스티네 뇌스틀링거

1936년 오스트리아 빈에서 태어나서 응용 그래픽을 공부했습니다.

1970년부터 글을 쓰기 시작해서 지금까지 많은 그림책, 어린이 책, 청소년 책을 썼습니다. 대부분의 책들은 다른 나라에서 번역되어 소개될 만큼 대중적인 인기를 누리고 있고, 독일 어린이 문학상, 오스트리아 국가상 등 권위 있는 어린이 문학상을 여러 차례 수상했습니다. 그 중에는 세계적인 동화 작가에게 수여하는 안데르센 상도 있습니다.(1984년)

지나치지 않은 빠른 전개, 재치 있는 유머, 다양한 소재로 생생하게 풀어 가는 아이들의 심리 묘사가 뛰어난 작가입니다. 또한 아이들의 실제 생활 속에서 소재를 찾아내고 글 속에 녹여내는 뛰어난 삶의 통찰력이 뇌스틀링거만이 가지고 있는 매력이라고 할 수 있습니다.

작품으로는 《세 친구 요켈과 율라와 예리코》, 《하얀 코끼리 이야기》, 《내 머리 속의 난쟁이》, 《콘라드, 통조림 깡통에서 나온 아이》, 《오이대왕》 등이 있습니다.

그린이 크리스티아네 뇌스틀링거

1961년 오스트리아 빈에서 태어나서 심리학을 공부를 했습니다. 어머니인 크리스티네 뇌스틀링거의 작품에 훌륭한 삽화를 그려 넣어 여러 작품들을 함께 발표하고 있습니다. 그동안 발표한 작품으로는 《철학박사》, 《월요일에는 완전히 다른 세상》 등이 있습니다.

옮긴이 김경연

서울대학교에서 독문학을 전공하고 〈독일 아동 및 청소년 아동 문학 연구〉라는 논문으로 아동 청소년관련 박사 학위를 받았습니다. 아동문학가이며 번역가인 선생은 많은 인문과 아동 도서를 번역하고 다양한 정보 분석을 통해 좋은 외국 도서를 소개하고 있습니다. 또한 작품마다 아이들의 눈높이에 맞춰진 생생하고 감각 있는 번역이 돋보입니다.

옮긴 책으로는 《얼룩말은 왜 얼룩말일까?》, 《핀두스 시리즈》, 《달려라 루디》, 《내 강아지 트릭시를 돌려줘!》, 《나무 위의 아이들》, 《세 친구 요켈과 율라와 예리코》, 《날고 싶지 않은 독수리》, 《행복한 청소부》 등이 있습니다.

미니미니1 **미니, 학교에 가다**

드디어 학교에 갈 나이가 된 미니. 하지만 학교에 가는 게 여간 불안한 게 아니에요. 그건 바로 미니의 키 때문이에요. 미니는 오빠 모리츠보다도 훨씬 키가 크거든요. 과연 미니는 학교에서 놀림을 안 받고 첫 등교를 무사히 마칠 수 있을까요?

미니미니2 **미니와 고양이 마우츠**

미니에게 고양이 친구가 생겼어요. 이웃 할머니와 함께 살던 고양이 마우츠인데 할머니가 입원해서 혼자 남게 된 고양이를 데리고 온 거에요. 하지만 부모님은 고양이 기르는 것을 허락하지 않아요. 과연 미니는 고양이 마우츠와 함께 지낼 수 있을까요?

미니미니3 **미니, 스타가 되다**

미니도 남들과 다르게 무언가 특별히 잘하고 싶어요. 친구인 막시는 노래를 기막히게 잘 부르고, 크산디는 그림을 화가처럼 잘 그리거든요. 그러던 어느날 미니는 자신이 외우는 데 재능이 있다는 걸 알게 돼요. 과연 미니는 친구들처럼 스타가 될 수 있을까요?

미니미니4 **미니의 크리스마스**

미니는 크리스마스 선물을 사려고 석 달 전부터 열심히 저금을 했어요. 아빠에게는 재떨이를 사서 특별한 표시를 새기고 오빠에게는 승마용 채찍을 사 줄 거에요. 하지만 뭔가 조짐이 이상해요. 과연 미니는 가족에게 크리스마스 선물을 줄 수 있을까요?

미니미니5 **미니는 스키를 싫어해**

미니의 가족은 스키를 매우 좋아해요. 그래서 매년 겨울만 되면 억지로 스키장에 따라가요. 그곳에서 미니는 자신처럼 스키를 싫어하는 친구를 만나게 돼요. 친구 페터와 함께 스키를 타지 않고 지상에서 행복한 시간을 보내요. 과연 이들의 행복 찾기는 성공할 수 있을까요?

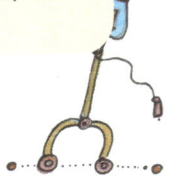

미니미니6 미니의 가장무도회

미니는 학교에 가는 걸 너무 좋아해요. 단지 코르넬리아가 자신을 놀리지만 않는다면 더 좋을 거예요. 보다 못한 막시가 가장무도회에서 코르넬리아와 친해질 수 있는 좋은 방법을 생각해 내요. 과연 미니는 코르넬리아와 친구가 될 수 있을까요?

미니미니7 미니, 탐정이 되다

오빠 모리츠가 억울하게 누명을 쓰게 되자 미니는 친구인 막시와 진짜 범인을 잡기 위해 노력해요. 아무도 오빠의 진실을 믿지 않지만 미니는 끝까지 포기하지 않아요. 과연 미니는 오빠의 누명을 벗길 수 있을까요?

미니미니8 미니, 할아버지가 생기다

미니에게는 사랑하는 할머니가 있어요. 할머니는 감정도 잘 상하고 편두통도 심하지요. 그런 할머니에게 모두 할아버지가 있기를 바라요. 기왕이면 미니 마음에도 쏙 드는 좋은 할아버지로 말이에요. 할머니는 과연 좋은 할아버지를 만날 수 있을까요?

미니미니9 미니는 겁쟁이가 아니야

방학 아침부터 오빠 모리츠는 수영장에 가자고 소란이에요. 자기 짐은 달랑 워크맨과 선크림만 넣고 전부 미니에게 들게 해요. 더군다나 전차 안에서 오빠랑 싸우고 미니는 혼자 남겨져요. 과연 미니는 혼자서 집까지 용감히 찾아 올 수 있을까요?

미니미니10 미니의 신 나는 바다 여행

미니의 가족은 바다 여행을 떠났어요. 하지만 미니는 여름 태양을 싫어해요. 피부가 햇볕을 잘 견디지 못하기 때문이지요. 더군다나 여행 가는 길부터 날씨는 푹푹 찌고, 길은 꽉 막히고, 오빠 모리츠와 다툼까지. 미니 가족은 바다 여행을 신 나게 보내고 돌아올 수 있을까요?

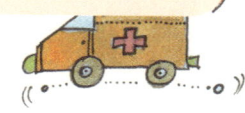